神原良 詩集

星の駅

星のテーブルに着いたら君の思い出を語ろう…

コールサック社

星の駅

——星のテーブルに着いたら　君の思い出を語ろう…

目次

第一章　星の駅　――星のテーブルに着いたら　君の思い出を語ろう…

第二章　静かな竪琴を聴く

第三章　隕石《いし》の祭り

星の駅

――星のテーブルに着いたら　君の思い出を語ろう…

神原　良

第一章　星の駅

――星のテーブルに着いたら　君の思い出を語ろう…

黎明

僕がまだ銀河にいた頃
飛びすさっていく幾多の星雲を見たし
千年鳴り止まぬ鉦《かね》の廊下で
立ち尽くす青衣の娼妓も見た

星の駅や　地下屍体売り場で
さまざまな楽しい買い物もしたし
太古の海に　身を沈め
数多の生命の誕生を見た

いま—　世界は黎明に還ろうとしている
僕たちの死をもって購えるだけの生は
もはや　この世には残されていない　時は朝《あした》—
世界は　光の中へ崩落する
かつて存在した事物　歌われなかった愛すらも　すべて
光の中へ崩落する　—音も立てず

星の運河

僅かに　危うい線上で保たれている
生　その不安
朝ごとに　くり返される鳥の儀式
死と呼ばれる　暗い降下

運河に　身を投げた兄妹
埋葬の日　乾いた風砂《かぜ》が渡り
日々　苛まれた重い夢見と
肯《うべな》った　嘘と秘め事

音もなく　或いは音立てて　全てが
崩れ去っていく
その感覚。

その悲しみ。
全てが
崩れ去っていく…

星の駅・1

――宇宙の果てからやってきた僕と

星の駅で　君と　出会った
宇宙の果てから　やって来た　僕と
宇宙の果てへ　去っていく　君と
ほんの一瞬　星の駅で　出会った

君は言う　「お別れだ」
僕は言う　「お別れだネ」

僕たちヒトという種族

に与えられた
たった一つの伝達手段《コトバ》では
このひと言で　すべてだけれど…
去年　ハルニレの季節に出会い
ハレー彗星とともに去っていく　君に

僕は　せいいっぱいの
笑顔を　贈ろう

一年という時間は　心を開き
優しい気持ちを抱きあうには充分だけれど
僕たちが　実際にコトバを交わしたのは
ほんの一瞬　…数分のことだ

（でも　これでいい　これで充分だ）
宇宙の果てから　やって来た　僕と
宇宙の果てへ　去っていく　君と
ほんの一瞬　この場所で　つどい…

そして今　君は　旅立っていく
（僕は　もう少し　この場所で休もう）

そしていつか　宇宙の彼方
また　どこかの星のステーションで
僕たちは　もう一度　めぐり会おう
明るい笑みを顔いっぱいに浮かべて　僕たちは　もう一度　ヤァ！

と言おう

星の駅・2

——君と、雪の道を歩いた

君と
雪の道を歩いた
白い水銀灯の列が　どこまでもどこまでも　続いている
冬の都会

去年　この街に着いた日
ニセアカシアに降り積む雪の音が　聴こえ
眠りの中の　いっそう深い眠りへと
降りたっていく　夢見の中で

まだ出会わない君と
―「どこまでも一緒に行こう」　君はジョバンニのように言って
僕は　カムパネルラのように　笑って見せた―
出会い

君が落とした赤いミトン
僕が拾って手渡した　一瞬　風が舞い
「あ　飛んでいく」　こわばった唇で　君が　つぶやいた言葉が
何だか　耳に　こびりついて…

「どこまでも　行こう」　君はそう言ったし
静かに　僕も　笑ってみせた
でも　ダメだ　雪がこんなにも冷たく

君の笑みさえ　今は　凍って見える

君が失くした赤いミトン
片方だけ　しっかりと握りしめて　どこまでもどこまでも歩いていく
この雪の向こう　白い闇の果てには　遠く
星の駅が　輝いている

あの駅から　どこへ？
君は　旅立って行くのか—
夢の中で出会い　いつか　連れ立って歩いていた
（雪の道を　どこまでも　黙って歩いた）

「お別れだね」—君は　突然ふり向いて　そう言い
ちょっと　首を傾げて　笑ってみせる

僕は　もう　微笑みもできず
茫然と　雪の中に　立ち尽くしている
（雪ふり雪ふり世界の果てしまで雪ふりつづく激しい雪の中に――）

星の駅・3
――星のテーブルに着いたら…

星のテーブルに着いたら
君の思い出を語ろう
かつて　茫漠とした青い大地で
君と　めぐり逢ったことなど

季節は　夏の夕暮れ
泣き叫び　墜ちていく鳥の群れに
「ホロビ」と言ったきり　君はうつむき
一瞬の秋が　君を過《よぎ》る

とうに　予測されていた訣れが
確実に　僕たちを蔽《おお》っていた
微かに　手の指が触れても
ほのかな腐臭が漂うほど

愛していた　そう　確かに
でも　そんな言葉に
どれだけの意味を認めたろうか
倒れ伏す　青い大地——

もう　何も語らずに　足どりにまかせて
果てしない沃野を　ただ　歩こう
いつか　夕暮れて　闇の中に

互いの悲しみを　見失うまでは

めぐり逢い　めぐり逢うことが訣れだった
僕たちの残酷な運命の中で
星に消《に》た　君の青い瞳が
どんなにか僕の救いだったか

君に告げよう
この星空の静寂《しじま》の中で――

星の駅・4

――君がいなくなったこの地球に

君がいなくなったこの地球に
花が咲き　また　春が訪れるとは
とても　信じられない

今は雪
こんなにも激しく降り続ける雪　深い　激しい雪の中で
寒さは　全く感じない　寒さは
鋭い痛みとなって耳を刺すけれども　今は
その痛みも感じない

雪が
悲しい鳥の姿で　降り続く　この冬の期間
悲しみがひとつの結晶として　持続するということの　その深い安堵

然し　春は来る
否応《いやおう》もなく　時はめぐり　季節はめぐり　春は訪れ
花は咲き　鳥は歌い　凍てついた白は緑となり
日々は　確実に　やわらいでいく

死という
この一種の現象
あとと先　早いと遅いの差こそあれ　必ずや訪れるひとつの解離

そう　解離
可逆的な　それ故
いつかは　宇宙の果て　あの星の駅で
一瞬　すれ違う　その一瞬の再会に賭けて

さようなら
（おそらくは幾億の時の彼方…）
さようなら　今は　さようなら　アウフ・ヴィーダーゼーエン！

星の駅・5

——星の駅で、君を見た！

（君と　また会えるなんて　思ってもみなかった——）

宇宙の果て　辺境の星の駅の待合室で
君を見た（間違いなく　君の面影を見た）

降り注ぐ隕石の雨に閉ざされ
いつ再会されるとも知れぬ星間軌道の
廃れた駅の待合室で　木のベンチに
半ば身を埋め　多くの異星人達に混じって

君は　いた！
（ほとんど鳥に肖《に》た姿で　首を傾げ
　リュートのように　身をうつむけて…）

遠く　遠い　青い星の　記憶も薄れがちな冬の時間
暮れやすい陽を追って　丘の上で　ふいに駆け出した君の
痩せて　鳥に肖たうしろ姿を　一瞬　逆光の中で見失い…

今日　冬が終わり　あたらしい春を迎える筈だったあの日
突然　旅立った君の　ほとんど死に等しい　遠い訣れ

星の駅のプラットホームで―どこまでも続く白い水銀灯の列―
声の限り叫んだ　再見！

（モウ二度ト　会エルコトハ無イト思イ
　モウ一度会エタラ　スベテヲ無クシテモ構ワナイト思イ）
幾億もくり返す　星と日のめぐりのあとで　いま
鳥の姿の君を見出した

青く変容する君の視線は　放心したように宙を迷い
（君ハマダ　僕ニ気ガツイテイナイ）
忘れはしない　あの青銅《ブロンズ》の横顔を見せて
なにごとか　異星の言葉をつぶやいている
その言葉の意味はたぶん――星の駅　訣れ　死と愛

X《イクス》

どこか　宇宙の果てのステーションで　X
僕たちは　もう一度　会えるかも知れない
夜空に　幾千万と鏤《ちりば》められた星の一つ　そのどこか見知らない街で
僕たちは　もう一度　すれ違うかも知れない

僕はいま　ほとんど再生を信じる
僕たちは　程なく死に　焼かれ　一握の炭素　となり
この星の　終焉の爆発とともに　宇宙空間にまき散らされて　やがて
不可思議な意図のもとに凝集し　もう一度命を形成し

そして　幾百というそういった繰り返しの中で
かつて邂逅したふたりの魂は　必ずや互いを求め合い
いつか　この星に似た青い大地で

僕たちは　もう一度よみがえり　まみえるだろう
その時　僕は　おまえに告げる
僕は　X《イクス》　おまえを本当に愛している　この永劫の宇宙の中で

いつ　かえってくるのだろう

いつ　かえってくるのだろう　このうつくしい朝の季節は
光　に充たされて
愛　に包まれて
私は　怒ることも　できないほどに

私の　おかした　あやまちのために
もてあましていた　しあわせと　愛と
天へ　かえして
私は　とおく　去らねばならない

もう　かえってこないのだろう・・
窓をとおして　聴こえてくる―私の日々の　音立てて
過ぎさる音を　汽笛が　まねて　ゆき過ぎる

うつくしい　雲が　私を
映して　ながされて逝く　空の向こうで
よみがえる日が　もし　あるなら――

第二章　静かな竪琴を聴く

白い者たち

存在への道に踏み惑《まど》う
幻想の鹿たちの白い息吹
波間へと
たおやかな指の掻き鳴らす
静かな竪琴《リラ》を聴くのは
だれ

今宵　滅びていく者たち
遠くへ旅立っていくおまえ　白い雁よ

天空へと続く迷路は
深く
むしろ　波ふかく
廃墟へとつづく

とおい
回廊に咲く　リンドウ
静かに指ひたす白い思惟像
いま　おまえの周《まわ》りで時が充ち
遠くかえっていく者たちが
ある

また　秋に

また　秋に
野鳥の群れが
旅立って
いく

暗い草原に
再び　かつての夏の
訪ないを
聴く

いつの日か
白い少年が　立ち去って
逝《ゆ》いた　運河のほとり

なくした兄妹の
指の跡が　明るい軌跡を
残している

二重唱

明るい窓の中の　ふいの悲しみ
夜想曲《ノクターン》　灰色の雨
暮れない日曜日
の日暮れ時

窓辺を行き過ぎる　獣の列
青い　錫《すず》のサモワール
数多の　過ぎ去った生涯
明るい笑いが　部屋いっぱいに響き

《二度と　還《かえ》らない
もう二度と　見る
こともない

虚しい　悼み歌の
くり返し《リフレイン》
死者たちの　昏い　二重唱

時のソネット

忘れていた　微かな
肺の痛み
こんなにも大きな罪を背負い
なお　跳梁《ちょうりょう》する夢の原野

存在する
そのこと自体の悲しみの中で
ふと気づく　一瞬の　時の異臭
言語という　かくも　遠い不可能

船が　視える
と　おまえは言う
幾億の時の彼方　空翔《かけ》る船が視える　と
無論　その船は　僕にも視える
が　おまえの船と　僕の船と
つなぎ合う術は　どこにあろう

鎌倉山のソネット

雨の　鎌倉山を歩いた
ぬかるみに足を取られ　一瞬
君への思念が
途切れる

八百年の古都
幾層にも連なる　死
イツカハソコへ帰レル　という
ふしぎなほど明るい　安堵

雨がしみ　体にしみ
土深く　古代の墓にしみ入り
かつて夢見られた　夢のままに

手と頭《こうべ》を垂れ　哀訴に似たその姿勢で
むしろ笑う　君の生をことほぎ
存在をことほいで　笑う

雨のソネット

ひとつの季節を　君と過ごした
夏の初めから　秋にかけて
君の一挙手が　僕の行動の指針だった
そして今　秋ふかく…

台風の接近が　告げられる頃
車を降りながら　君は言う
「この傘を　もう　あなたに返す機会はない」と
僕は言う　「来年の六月　また雨が降る」

疲れが　ふいに夕暮れた街並を蔽い尽くす
疲れが　君の背中にも堆積する
そんなにも昏《くら》く微笑んで

君はいま　何を　告げようというのか？
めぐり会うことが　運命《さだめ》だとしたら
訣れることも　また　運命だとしたら…

紫陽花のソネット

紫陽花が枯れたら
私のこころも　枯れると
君は言った　君のこころが
僕から離れていった時に

時が経った
二度と笑わない　あの日の誓いが
いつか忘れられ　君は笑う
その横顔が　白くて

雨空に　かなしい放物線を描き
落下する鴇《とき》の運命
花のように

或いは　鳥のように
短い季節《とき》を懸命に生きた　と
うべなう君の横顔が　白くて

再び　希望

死がこんなにも深く私の中に根づいているとは
知らなかった
生だとばかり　思っていた

私の眼のうちに雪が降り続ける限り
私は絶望を語るのは止そう
それは　貝が　貝殻を穿《うが》つ作業に等しい

審判《さばき》はない

審く者はなく　審かれる者もない
唯　永劫の白い闇が
私の眼前に拡がるばかりだ

タナトス*　その言葉を　少年の僕に告げてくれた君
ありがとう
それなのに　僕はこんな化け物になって
今日も　都市の街裏を徘徊している

*ギリシャ神話の死をつかさどる神

消えた　風景

水色の煙草の煙
肺の微風
風化した骨の形見
見捨てられた僕の夕暮

街角の石の娼家
時の埋葬
失われた街の辺
偽りの傷の姿

華やかな葬儀の列
華やかな　死
静音のハープシコード
黒い獣の群

没陽と落葉層
消えた　風景
迷彩の空の空間《スペース》
還らない　闇

夜の幻馬

灰色に閉ざされた街に
対位法の雨が
降る
夕餉は
捨てられた鳥の死骸
静かな変容が
食卓の上に
起こる
皿数の少ない

燭台に照らされた人生
その終末の
予感に
急速に色ざめる子どもの指
建物《アパルト》の影に
凭《もた》れ
遠くまで　輪回《わまわ》しして行った
兄の
消えた消息をたずね
街角に
佇《た》ち尽くす老いた娼婦
重いクラヴィーアの
靴音が流れ

「愛《ラムール》
もう二度と」

そればかり繰り返す
虚しい恋歌の愛の誓い
宵闇に
果たし得ぬ邂逅を
遺し
立ち去っていく夜の幻馬

第三章　隕石《いし》の祭り

隕石《いし》の祭り

あるいは　隕石の祭りの日に
遠い幾世の記憶に追われ
唐突に入水する童形の父
青銅の魔像　真紅の舞踏靴《トウシューズ》

幾重にも覚め　幾重にも覚めながら
なお覚めぬ　重い夢見
指をすり抜ける砂　時の比喩としてではなく
唯　指の間《ま》をすり抜ける軽い事物

幾夜さか　飽かず語り続け
なお語らん　君よ　童形の父
いずこから来　また　いずこへと去る

知らず　この満天の星
今は　我が生のすべてを包め
去りゆく君　星よ　我を埋《うず》めよ！

砂漠の　影

死者の夢なか
白い灰の堆積

うつろい易い砂の予感
埋《うず》もれた湖《うみ》の輝よい

乾いた雨音　太古の…
遠い　海なかの横笛《フルート》

幾つかの滅びた平野を越え
没陽に　とおく母の呼ぶ

——薄暮れた　影の輪舞——

銀のソネット

隻眼の少女が
幻想の集落址《むらあと》を歩いていく
鈍色《にびいろ》に朽ちた舟と
廃屋に蔽われた水辺の村を

荒んだ葦の
黙《もだ》しがちだった生涯の日
肯《うべな》うこともなく立ち去っていった
早世の鴨たちの暗い飛沫

幾夜さか忘失の風に吹かれ
重く堆積する砂の碑銘に
父祖たちへのとおい畏れも消え

今　闇深く立ち尽くすひとりの少女
その隻眼の瞳のかげに
隠された懐剣《かいけん》の　しずかな銀

漂泊の　豹

浄らかな物をもとめて
旅に出た豹《ひょう》だが
いま　海辺に
葬られているという

伝聞《つたえ》は
むしろ　安らぎに近く
真実《ほんとう》は　まだ
さすらっているのかも知れない

初めから　無い物をもとめた
のではなく
確実に　有るという予断のもとに
或る晩

その俊足を　天《そら》へ向けて
一躍　旅立った　のだったが
見渡す限り　平地には　何もなく
汚濁すらなく

いつしか　海辺まで出て　終に
墜落したという
墓銘には　四文字
《漂泊の豹》

この風に吹かれて

都市の迷路を
疲れた表情《かお》の少年が　歩く
失くした風の化石を捜して
いつか　夜へと駆け去っていく

それきり　彼を見ない
窓辺に映る　老いた道化師
愛という幻想に取り憑かれて
立ち尽くす　闇の娼婦ら

ビル風は　時に優しく頬を撫でる
ああ　この風に吹かれて
世界が果てるまで立ち尽くしていたい　と

ある日　少年はそう思った
が　それきり彼を見ない
夜の底　イルカが眠っている――

午後の終わりに

過ぎ去った午後の陽ざしを
老いた足どりで辿る
暗かった僕の生涯に
そこだけ淡い灯影のように
悲しみに似て　老いた悲しみが
痩せた背中を過ぎる
もう　朝は来ないのだ　と
老いた小鳥たちが告げる
日暮れた空の色　―エセ・パリ

遠い　貝殻の街を
汽車の窓から　もう　あれは嘘なのだ　と
途切れた葬送のメロディーが
合図《しるし》のように　道を流れ
肩を寄せ　暗く抱《いだ》き合う恋人の風景
橋の上で　風がふるえ
果たされなかった　ひとつの邂逅が
果たされもせず　滅びていく

輪舞《ロンド》

とりわけて
秋という
優しい季節に
すべての滅びは　既に　萌芽している
それなのに
また秋
何を　くり返せというのか

かつて

信じられた者たち
神々の　名を刻んだ
白樺
ひと晩の　嵐が吹きすさんだ…
星と　隕石と　風の運河

堕ちていく　鳥の
悲しみ
忘失という　ひとつの救済を求めて
遠く　旅立っていった　鳩
その　中途での
墜落と　死

いま

再生が　語られようとしている
ひと晩の　吹き荒れた　嵐のあと
墜落した　鳥の　死骸を囲み
子どもたちが　踊る
輪舞《ロンド》

天窓にひびく　歌声
死ではなく　生を
ひとつの再生を　告げる　輪舞
かつては　深い悲しみの詠唱《アリア》が
いっそう　晴れやかな
再生を　告げる

秋の光

逝《ゆ》いた朝
タイフーンの一過に
飽くまでも明るい
蒼白な　生

眼からウロコが落ちるという表現
僕は　嫌いじゃなかったけど
死は　そう死は・・
それは　確実にやってくる

ダミアが好き
ホフマンスタールが嫌い
だった昨日までの　僕
今　それを両手でふり捨てる

狂疾よりの帰還　と
Uは言う
君は神でもないのに　なぜそんな事が言えるのか
僕の狂気を　語るな

それにしても　明るい
こんなにも明るい光の中で
なお　盲目でいられるとしたら

その狂気は　深い

岸に佇ち
投身を夢みる　犀
たった一歩が踏み出せず　また
草原へ　草を喰みに還っていく

ふいに　泣きながら
愛　を語る
秋の光に　急速に涙が乾いていく
その感覚

神が在れば　すべては赦される
地獄すらが

ここでは　永劫の焦熱すらが
ほとんど　穏やかな救済に等しい

秋の記憶

その　秋の記憶を問う
君の面輪《おもわ》の
静かさ

生はそんなにも重く
君の姿勢を
傾《かし》げ

君は語らない

唯　問う
秋
秋の気配　と
鏡に　蒼白のヘルガ*が
映る
一瞬　君の面輪を
笑みが　過《よぎ》る

*画家ワイエスのモデル・農婦の名

解説　「星の駅」で存在論的抒情詩を奏でる人

神原良詩集『星の駅　――星のテーブルに着いたら　君の思い出を語ろう…』

鈴木比佐雄

1

神原良の新詩集第九詩集『星の駅　――星のテーブルに着いたら　君の思い出を語ろう…』を読んでいると次のような思いに駆られてくる。私たちはこの世に何処からやって来て、何処へ行ってしまうのだろうか。なぜかそんな問いを少年の頃に抱いて、一番星が光り始める美しい夜空を見上げたことがあった。すると宇宙の無限な存在を感じるのと同時に、有限の時間を生きる自分の存在などは、宇宙時間からしてみれば一瞬の出来事のように思われ、何処か全てが儚く感じられてくるのだった。宇宙と自己を対峙させることは、生の儚さや死への恐怖を抱きながらも生きることの素晴らしさを発見させてくれる。そんな自己を超えた無限なる存在や銀河の美しさを感じることは、少年が大人になるための一つの通過儀礼のようなものかも知れない。優れた詩を読む魅力は、いつのまにか自己を超えた聖なる存在を感じると同時に、地上で生きるための意味をも感じさせてくれることだろう。

神原良の新詩集は、そのような宇宙の誕生と宇宙の消滅などの想像を絶する時間を抱いてしまう人間の想像力の働きであり、また「無意識」に至り着く不可思議さを照らし出している。また有限な瞬きのような時間を生きる人間が、愛する他者と出会い別れていく存在でもあり、さらにいつの日か再会を願い続けて、それを微かな希望のようにして生きる存在でもあることを語っている。神原良は人間の儚さを強く感じ死を強く意識しているタイプであり、それ故か瞬間を永遠に変えて人間の無意識を掘り下げて垣間見させてくれる存在論的な詩人であると私は考えている。

今回の詩集は三章に分かれ二十八篇が収録されている。一章「星の駅」は連作「星の駅」五篇を含む九篇から成り立っている。冒頭の詩「黎明」には、神原良の宇宙への意識と現実感覚が交差した独自の詩的世界が刻まれている。

僕がまだ銀河にいた頃／飛びすさっていく幾多の星雲を見たし／千年鳴り止まぬ鉦《かね》の廊下で／立ち尽くす青衣の娼妓も見た／／星の駅や　地下屍体売り場で／さまざまな楽

しい買い物もしたし／太古の海に　身を沈め／数多の生命の誕生を見た

（詩「黎明」の前半部）

一行目の「僕がまだ銀河にいた頃」という前提でこの詩が発想されていることもあり、この「銀河にいた」という不可思議な浮遊感覚を想像すれば、この詩集に入り込むことができるようになるのではないか。そこでは星雲の「銀河」のただ中にいることだけでなく、地上にいることも「銀河」を見詰め「銀河」から見詰められている「銀河」との相関関係にあると認識しているようだ。それ故に「千年鳴り止まぬ鉦《かね》の廊下で／立ち尽くす青衣の娼妓も見た」といった、聖なるものと俗なるもの両方を抱える「僕」という人間は、「銀河」との相関関係のただ中に生存していることを暗示している。「星の駅や地下屍体売り場で／さまざまな楽しい買い物もしたし」という不気味な表現は、人類が数多の生き物の大量殺戮をし続けるだけでなく、国家は自国の民を兵士という殺人者にし、また他国の民をどのくらい大量に殺せるかという人類の冷酷な潜在意識を透視しているのかも知れない。また「さまざまな楽しい買い物もした」とは、もしかしたら屍体解剖をしてそのパーツを使い科学技術を駆使して新しい人類や新しい生物を産みだそうと、神のように振る舞っている人類を暴いているのかも知れない。また神原良の「僕」はそんな非理性的な荒ぶる神のような存在を「無意識」として内在化していたのだろう。「太古の海に　身を沈め／数多の生命の誕生を見た」とは、そのような創造主としての神の働きを「僕」という「無意識」を抱えた人間が、見てしまったという思いを語っている。次の後半部分では、人類の誕生や破滅を含めた世界の果てであり新たな始まりである「黎明」の世界を透視しようとする。

いま―　世界は黎明に還ろうとしている／僕たちの死をもって購えるだけの生は／もはや　この世には残されていない　時は朝《あした》―〳〵世界は　光の中へ崩落する／かつて存在した事物　歌われなかった愛すらも　すべて／光の中へ崩落する　―音も立てず

神原良は一読すると誰よりも悲観主義者でリアリストなのかも知れない。「僕たちの死をもって購えるだけの生は」、「この世には残されていない」と言い、どんなに人類が命がけで努力しても、究極的には「世界は　光の中へ崩落する」と諦念しているかのようだ。この詩「黎明」は神原良の宇宙の歴史の中での人類の働きはもちろん世界の数多の生き物たちの働きも無意味化する絶望の詩であると言えるかも知れない。けれどもこのような冷酷な最終認識を抱いて出発したのが神原良の詩作の原点なのだろう。

次の詩「星の運河」は、その憂愁を感じさせてどこか絶望を突き詰めたような詩であり、神原良はこのような詩を書きながら実は無意識に潜む「死の本能」に気付き、「死を回避」していたのではないかと思われてくる。

星の運河

僅かに　危うい線上で保たれている／生　その不安／朝ごとに　くり返される鳥の儀式／死と呼ばれる　暗い降下⫽運河に　身を投げた兄妹／埋葬の日　乾いた風砂《かぜ》が渡り／日々　苛まれた重い夢見と／肯《うべな》った　嘘と秘め事⫽音もなく　或いは音立てて全てが／崩れ去っていく／その感覚。⫽その悲しみ。／全てが／崩れ去っていく…

「僅かに　危うい線上で保たれている／生　その不安」とは、様々な境界の線上を生死を賭けながら危うく進むような日常において、死の衝動が押し寄せてくる「不安」に苛まれている。ついには「鳥の儀式」のように高い場所から空に投身するような「死と呼ばれる　暗い降下」を脳裏に思い描き、生から死へと向かって行く。実際に「運河に身を投げた兄妹」の存在やその葬儀の場面がフラッシュバックしてくるのだろう。その感覚を神原良は「全てが／崩れ去っていく」感覚と言い、悲しみだけが心の全てを覆ってしまうのであろう。けれども詩題が「星の運河」であることは、兄妹などの人間もまた銀河の一員であり、ある意味で砂粒のような一つの星であるかも知れないと思われている。「星の銀河」ではなく「星の運河」はある意味で星の沈んでいく「ブラックホール」を暗示しているのかも知れない。「運河に　身を投げた兄妹」は、世界の終りのように「すべて／光の中へ崩落する」という崩壊感覚を抱いて死んだとしても、決して驚くべきことではない。それには「苛まれた重い夢見」や「嘘と秘め事」の様々な事情や兄妹愛などが存在し、決して非難されるべきことではなく、死亡した兄妹をどこかで救済したいと物語っているようだ。生きているものは必ず死ななければならず、その生の終わりを自ら選んでしまうタイプの存在を神原良は否定しないのだろう。神原良にとってこの詩「星の運河」と冒頭の詩「黎明」とは、次の連作「星の駅」五篇の前に、銀河の中に存在するブラックホールという星の墓場でもある存在や、生きようとする私たちの中にも存在するタナトス（死の本能）を確認しておきたかった詩篇なのかも知れない。

2

新詩集のタイトルポエムである「星の駅」五篇は、「僕」と「君」が「星の駅」で出会い、少し会話をして別れたが、「君」のことを反復し続けるという不思議な連作詩篇だ。「星の駅・1　――宇宙の果てからやってきた僕と」を引用する。

星の駅・1　――宇宙の果てからやってきた僕と

星の駅で　君と　出会った／宇宙の果てから　やって来た　僕と／宇宙の果てへ去っていく　君と／ほんの一瞬　星の駅で　出会った〃君は言う　「お別れだ」／僕は言う　「お別れだネ」〃僕たちヒトという種族／に与えられた／たった一つの伝達手段《コトバ》では／このひと言で　すべてだけれど…〃去年　ハルニレの季節に出会い／ハレー彗星とともに去っていく　君に〃僕は　せいいっぱいの／笑顔を　贈ろう〃一年という時間は　心を開き／優しい気持ちを抱きあうには充分だけれど／僕たちが　実際にコトバを交わしたのは／ほんの一瞬　…数分のことだ〃（でも　これで

いい　これで充分だ）／宇宙の果てから　やって来た　僕と／宇宙の果てへ　去っていく　君と／ほんの一瞬　この場所で　つどい…〃そして今　君は　旅立っていく／（僕は　もう少し　この場所で休もう）〃そしていつか　宇宙の彼方／また　どこかの星のステーションで〃僕たちは　もう一度　めぐり会おう／明るい笑みを顔いっぱいに浮かべて　僕たちは　もう一度　ヤァ！／と言おう

一九八六年に七十六年ぶりに到来したハレー彗星については、当時はハレー彗星探査衛星「さきがけ」が打ち上げられるなど大きな話題となった。神原良もそのハレー彗星に魅せられた一人だったのだろう。この「星の駅」の主人公である「君」は「ハレー彗星」であり「宇宙の果てへ　去っていく　君」であった。「僕」は探査衛星「さきがけ」であり「宇宙の果てから　やってきた　僕」であったのかも知れない。75・3年周期で太陽を公転する「ハレー彗星」と探査衛星「さきがけ」はたった一度の「ほんの一瞬」の出会いであった。次に回帰するのは二〇六一年であり、その時は別な探査衛星との出会いとなり、神原良も私も含めて多くの人びとはその時にこの地球に存在しないだろう。突き詰めていえば神原良にとって人と人との出会いと訣れもこのような「ほんの一瞬」

の関係なのではないかと想像している。「君」も「僕」も「宇宙の果てからやって来て」、「宇宙の果てへ去っていく」といった存在なのだという「根源的な認識」なのだろう。けれども神原良は「また　どこかの星のステーションで〃僕たちは　もう一度　めぐり会おう」という力強いメッセージを発している。二〇六一年に私たちの存在は宇宙の塵となってどこかを彷徨っているかもしれないが、「明るい笑みを顔いっぱいに浮かべて　僕たちは　もう一度　ヤァ！／と言おう」という想いこそが大切なのだという精神性なのかも知れない。この精神性は「ひとりごころ」ではなく、芭蕉が語っていて先日亡くなった俳人の金子兜太さんが継承していた「ふたりごころ」という「情《こころ》」に近いのだと思われる。神原良の存在論的抒情性はそのような「ふたりごころ」をいかに詩に宿らせようとするかの試みだと言えるかも知れない。

「星の駅・2　――君と、雪の道を歩いた」では、「僕」と「君」との関係は宮沢賢治の『銀河鉄道の夜』の中の主人公の「ジョバンニ」と「カムパネルラ」との関係に転移されている。例えば「まだ出会わない君と／―「どこまでも一緒に行こう」　君はジョバンニのように言って／僕は　カムパネルラのように　笑って見せた―／出会い」などは、神原良のこの連作が宮沢賢治の探し求めていた「本当の幸せ」に呼応していることが分かる。しかしいつか別れなければならない宿命を負い「あの駅から　どこへ？／君は　旅立って行くのか―／夢の中で出会い　いつか　連れ立って歩いていた／（雪の道を　どこまでも　黙って歩いた）」のだ。この場面などは弘法大師と常に一緒に歩いているといったお遍路の「同行《どうぎょう》二人《ににん》」を彷彿とさせてしまう。神原良にとって「君」は、かつて愛し合った生き別れた女性だったのだろうが、遠くにいながらも「カンパネルラ」や「弘法大師」のように、何時も傍らにいる存在として心に反復してくるのだろう。残された淋しさから身を投げてしまいそうな存在の危機を抱いていた神原良の深層から、「ハレー彗星」のような女神が立ち現れて去っていったが、いつしかその存在は内側に辿り着き、何度でも回帰するようになっていったように感じられてくる。

「星の駅・３　――星のテーブルに着いたら…」では、「めぐり逢い　めぐり逢うことが訣れだった／僕たちの残酷な運命の中で／星に肖《に》た　君の青い瞳が／どんなにか僕の救いだったか／／君に告げよう／この星空の静寂《しじま》の中で――」と言うように、「星に肖《に》た君の蒼い瞳」を追想し、「君」との相関関係を生きようとし始める。

「星の駅・４　――君がいなくなったこの地球に」では、「死という／この一種の現象／あとと先　早いと遅いの差こそあれ　必ずや訪れるひとつの解離／／そう　解離／可逆的

な　それ故／いつかは　宇宙の果て　あの星の駅で／一瞬　すれ違う　その一瞬の再会に賭けて」と言う。死は「解離」だが、神原良の「情《こころ》」である「ふたりごころ」は「あの星の駅で／一瞬　すれ違う　その一瞬の再会に賭けて」いくのだ。
「星の駅・5　――星の駅で、君を見た！」では、「宇宙の果て　辺境の星の駅の待合室で／君を見た（間違いなく　君の面影を見た）」と悲しみが歓喜に変わるように「君」との再会が果たされる。そして次のような「情《こころ》」に染み入る最終連が奇跡のように書き記される。

青く変容する君の視線は　放心したように宙を迷い／（君ハマダ　僕ニ気ガツイテイナイ）／忘れはしない　あの青銅《ブロンズ》の横顔を見せて／なにごとか　異星の言葉をつぶやいている／その言葉の意味はたぶん――星の駅　訣れ　死と愛

「君」がつぶやいている「異星の言葉」である「星の駅　訣れ　死と愛」は、神原良の詩作の根源的なテーマであり、この詩集の荘厳な通奏低音となって読むものに響き渡るに違いない。宮沢賢治の「銀河鉄道の夜」に続く新たな「宇宙意志」を展開するような存在論的な詩的世界が書かれるとすれば、神原良の「ふたりごころ」を秘めた「星の駅」五篇は、その可能性を拓いたのではないかと私には思われるのだ。

一章のその他の詩「X《イクス》」は、「僕はいま　ほとんど再生を信じる」と言うように「星の駅」五篇を要約したような詩だ。最後の詩「いつ　かえってくるのだろう」は、「君」の「愛」に感謝し「君」が回帰してくることを願いつつ、「よみがえる日」を待ち続ける。

これらの一章九篇によって、神原良の生死を問う存在論的な精神世界や抒情性を秘めた魂の在りかの独自性は明らかになったように思われる。

次の二章「静かな竪琴を聴く」十篇は、神原良が生き物や事物や風土などと触れ合う時に、それらの存在が周りの自分を含めた存在と響き合い、存在という「白い者たち」が立ち現れてくる相関関係をリズミカルに表現した詩篇群だ。

三章「隕石《いし》の祭り」九篇は、「隕石《いし》」などの歴史的事物や現代の中に人類の先祖の足跡などを発見し、それらを生死を問う存在論的な視点で思索的に書き記しているが、その底には「愛《ラムール》」が感じられて、死を意識しながらも人は死者と共に生きねばならないという神原良の想いが貫かれている。このような本格的な存在論的抒情詩に多くの人びとが親しんでほしいと願っている。

プロフィール

神原　良　Kanbara Ryo

〈発行詩集〉

『アンモナイトの眼』（1982年／装画：内田峨／書肆山田）
『彼——死と希望』（1983年／書肆山田）
『迷宮図法』（1992年／装画：内田峨／書肆山田）
『小樽運河』（2000年／装画：高橋富士夫／書肆山田）
『オスロは雨』（2013年／装画：内田峨／書肆山田）
『X（イクス）』（2014年／装画：内田峨／書肆山田）
『ある兄妹へのレクイエム』(2015年／装画:味戸ケイコ／コールサック社)
『オタモイ海岸』（2016年／装画：味戸ケイコ／コールサック社）
『星の駅——星のテーブルに着いたら　君の思い出を語ろう…』
（2018年／装画：味戸ケイコ／コールサック社）

〈公演活動〉

1997年　風とラビリンス第7回公演　シアターグリーン
2001年　風迷宮　詩の朗読会
毎年、詩と音楽の夕べ コンサートを開催している

〈連絡先〉

〒351-0022　埼玉県朝霞市東弁財2-1-18
http://kanbara.world.coocan.jp
otamoi7944@docomo.ne.jp

石炭袋

神原良詩集
『星の駅　――星のテーブルに着いたら　君の思い出を語ろう…』

2018 年 4 月 13 日初版発行
著　者　　　　神原　良
編集・発行者　鈴木比佐雄

発行所　株式会社 コールサック社
〒 173-0004　東京都板橋区板橋 2-63-4-209
電話 03-5944-3258　FAX 03-5944-3238
suzuki@coal-sack.com　http://www.coal-sack.com
郵便振替　00180-4-741802
印刷管理　（株）コールサック社　製作部

＊装画　味戸ケイコ　　　＊装丁　奥川はるみ

落丁本・乱丁本はお取り替えいたします。
ISBN978-4-86435-339-7　C1092　￥2000E